OPUSCULE

D'UN CÉLÉBRE AUTEUR

EGYPTIEN.

OPUSCULE

D'UN CÉLÉBRE AUTEUR

EGYPTIEN.

CONTENANT

L'HISTOIRE D'ORPHE'E,

PAR LAQUELLE ON POURROIT SOUPÇONNER QU'IL EST PEU DE FEMMES FIDELES.

A LONDRES.

M. DCC. LII.

AVERTISSEMENT.

UN de mes amis ayant hérité d'une Terre, il a trouvé dans le Château une ancienne Bibliothéque, qu'on n'avoit peut-être pas visitée depuis plus de soixante ans, parmi un tas de Livres rongés par la poussiere il s'est rencontré un Manuscrit Egyptien

A

qu'il m'a montré : je l'ai lû, & je lui en ai rendu compte. Il m'a prié de le traduire ; je l'ai fait : il veut maintenant le faire imprimer malgré toutes les raisons que je lui donne pour ne pas donner au Public un Ouvrage si mauvais & si peu utile : j'avertis donc tout Lecteur que c'est contre ma volonté que cet Ouvrage verra le jour. S'il m'en croit, il s'en tiendra

à la lecture de cet Avertif-
fement, par-là, il évitera
l'ennui dont je voudrois le
fauver, fi fa curiofité pré-
vaut, qu'il ne s'en prenne
qu'à lui feul ; à mon égard
me voilà à l'abri de fa mau-
vaife humeur, & peu m'im-
porte de la maniere dont il
jugera d'un Opufcule dont
le fort devoit être la pâtu-
re des Rats.

A ij

LETTRE

De M. le Comte de *** à M. le Duc de ***.

VOUS allez être con-tent, MONSIEUR, je vous envoye la Traduction de ce vieux Manuscrit Egyptien que vous trou-vâtes l'année passée dans votre Bibliothéque : je ne veux pas m'en faire un mérite auprès de vous , mais la peine que cet Opuscule m'a couté est inconcevable. Il y avoit des feuilles entieres presqu'effacées par le tems, & je ne sçai si je n'ai pas mal deviné plusieurs endroits, peut-être interprétés loin du sens de l'Auteur ; quoiqu'il en soit, j'ai remplis mes engagemens, & je me trouverai fort heureux si je puis

contribuer à votre amuse-
ment , & par - là vous
prouver l'attachement sin-
cere & inviolable avec lequel j'ai l'honneur d'être,

M O N S I E U R ,

Votre tres-humble & tres-
obéiſſant Serviteur.

OPUSCULE

D'UN CÉLÉBRE AUTEUR

EGYPTIEN.

E' (*a*) de parens affez riches pour jouir des commodités de la vie, trop fages pour défirer tout

---

(*a*) Ce n'eft pas fans des recherches infinies, qu'on eft parvenu à apprendre le nom de ce Philofophe, qui a été dans les fuites Roi d'E-gypte. On a trouvé dans un Ma-

A iiij

ce qui tendant au faste , ne fert fouvent qu'à troubler la

---

nuſcrit qui étoit dans le carré de la toilette de la Reine Brunehault, qu'il s'appelloit *Phares* ; qu'à l'âge de 15 ans il fe jetta dans le Nil , parce que *Zeleufis* Reine d'Egypte , dont il étoit éperdument amoureux, lui déclara qu'elle ne donneroit jamais fon cœur & fa Couronne qu'à un mortel qui auroit dix pieds de hauteur : il n'en avoit que fix , il fe crut exclus pour jamais , & ne connoiſſant de bonheur dans la vie que celui de poſſéder la Belle Ze-leufis , il voulut mourir : heureuſe-ment pour lui qu'un vieux Mage fe baignoit dans le fleuve quand il s'y précipita : il fit encore mieux

tranquillité de nos jours , affez
honnêtes gens pour s'être ac-

----

que de le fauver ; après l'avoir rendu entiérement à la vie en le fai-
fant revenir d'un long évanouiffe-
ment , il exigea pour prix d'un fi
grand fervice , l'aveu de l'impor-
tante raifon qui avoit obligé le
jeune homme à chercher la mort.
Phares la rapporta : le Mage fou-
rit, & lui dit que le véritable amour
ne trouvoit rien d'impoffible , &
que l'artifice devoit tenir lieu de
la réalité. Phares frappé d'une lueur
d'efpoir fe profterna aux pieds du
vieillard en le priant d'ajouter à
tant de bontés de fa part celle de
lui fervir de guide dans une occa-
fion où le bonheur de fa vie étoit

quis avec justice cette réputation de probité qui fait la

---

attaché ; mais , ô prodige ! à peine achevoit-il sa priere , que le Mage devint tout-à-coup diaphane, disparut & se perdit dans les airs. Phares frappé de cette merveille , adora l'Auteur de l'Univers , & conçut que la Divinité sous la forme d'un Mage lui avoit apparu : il se retira dans un bois prochain , & après trois ans de méditation sur les moyens de paroître aux yeux de la Princesse dans l'état désiré , il s'avisa enfin de s'attacher aux jambes deux bâtons , avec lesquels il s'exerça si bien qu'il courut au bout de six mois avec autant de vîtesse que l'homme le plus dispos.

ſatisfaction la plus réelle de ceux qui la méritent, je de-

Sûr de ſon fait par des expériences réitérées, il ſe fit faire une longue ſimare, & un jour que la Reine d'Egypte étoit à la chaſſe, où elle pourſuivoit un cerf, il ſe mit à le ſuivre, & le fit avec tant de légéreté & de bonheur qu'il l'arrêta par le bois, & donna à Zeleuſis le plaiſir de le prendre vivant. Cette action vigoureuſe acheva ce que le premier coup d'œil avoit commencé. La Reine que la haute ſtature de Phares avoit déja touchée ; le reconnoiſſant alors, céda au vif penchant qui agiſſoit en faveur du jeune homme, & ſans lui faire aucune queſtion ſur le prodige qui d'un

vois être heureux ; je jouissois
d'une vie paisible : les passions
n'avoient jamais eu d'empire
sur mon cœur, l'ambition n'a-

---

homme ordinaire en avoit fait un
géant : elle lui tendit la main, le
nomma Roi d'Egypte & l'épousa :
il a régné près de cent ans en E-
gypte sous le nom de Pharaon, &
l'on apprend par un Hiéroglyphe de
ce tems-là qu'il se conduisit avec
tant d'adresse, que ses peuples ont
toujours été dans la confiance qu'il
étoit un géant, & qu'ils ont toujours ignoré l'artifice qui entrete-
noit leur illusion. On apprend par
le même Manuscrit que Phares est
l'inventeur des Echasses.

voit jamais empoisonné les douceurs de mon sommeil, ni mêlé l'amertume dans les plaisirs innocens qui occupoient mon oisiveté, l'avouerai-je ? je n'étois pas content. Il manquoit quelque chose à mon bonheur : l'uniformité de ma situation me devenoit insipide : mon ame s'ennuyoit de son indolente enveloppe ; insensible à tout, elle ne goutoit qu'imparfaitement le plaisir de l'existence ; les passions font des défauts sans doute lorsque portées à l'excès elles conduifent l'efprit au point de fe méconnoître , qu'elles l'abforbent fous le poids de la matiére, & qu'elles lui enlévent enfin les facultés de fon effence ; mais au contraire, quand leur empire n'eft pas defpotique, les impreffions de défirs modérés , portent à l'ame cet agrément de variété feul capable de la fatisfaire : ce mouvement qui conduit au bien être , me manqua auffitôt que j'eus perdu la divine Zeleufis; qui auroit pû me tenir lieu d'elle ? Sa mort m'accabla ; je tombai dans le défespoir ; mon ame fatiguée de ce corps dont les organes immobiles s'oppofoient à fon bonheur, voulant fe délivrer d'un poids fi onéreux pour retrouver l'ame d'une femme de la perte de laquelle je ne pouvois me confoler, profita de la liberté que lui avoit donnée la divine Ofiris (a) de fe dépouiller (b)

____

(a) Ofiris étoit fils de Jupiter & de Niobé, & mari d'Io fi célébre par la maniere dont Jupiter l'enleva ; il l'époufa lorfqu'elle fe ren-

de la matiére qui l'embaraf-
foit , & de fe purifier par

---

dit en Egypte pour fe dérober aux
perfécutions de Junon , qui ne lui
pardonna jamais l'amour qu'elle
avoit infpiré au maître des Dieux
fon époux.

Il a fallu bien des recherches pour
parvenir à expliquer ce paffage : la
fable ne nous apprend point qu'il
y ait eu une Déeffe du nom d'Ofiris , mais de quoi la patience ne
vient-elle pas à bout ? en confultant
l'Auteur de l'Hiftoire de Lamekis ,
il nous a fait part d'un Manufcrit
Egyptien , par lequel nous appre-
nons que l'Ofiris dont il eft ici parlé eft une fille d'Ofiris fils de Jupiter,
laquelle acquit l'immortalité pour

cette

cette féparation. Elle prit donc fon effort, & abandon-

---

avoir guéri Junon d'une indigeftion. La Déeffe fut fi reconnoiffante de ce fervice , qu'elle pardonna en cette confidération à Ofiris : c'eft à cette Déeffe qu'on doit l'invention de la Seringue , & c'eft la véritable raifon qui lui fit élever des Autels en Egypte.

* L'embarras où je me trouvai en lifant dans le Texte de mon Auteur la Déeffe Ofiris, Divinité qui ne me paroiffoit pas avoir été connuë des Egyptiens en qualité de femelle, me détermina à m'adreffer à un de mes amis , homme fort éclairé fur les Antiquités, & Sçavant du premier ordre, il me donna la note que l'on

B

nant les parties terreſtres qui
l'environnoient , elle ſuivit le

---

vient de lire ; mais malgré ſon au-
torité je ne puis m'empêcher de
croire que c'eſt une faute du Copiſ-
te qui aura ſans doute écrit la Déeſſe Oſiris au lieu du Dieu Oſiris qu'il
devoit mettre ; en effet Diodore de
Sicile raconte dans ſon Hiſtoire Uni-
verſelle Edition in-folio imprimée
en 1604. page 18. la mort de ce
Roi de maniere à ne nous pas laiſ-
ſer douter de ſon ſéxe , il dit que
pendant qu'Oſiris régnoit en Egypte & ſelon l'équité des Loix , Ty-
phon ſon frere , homme violent &
impie le tua & diviſa ſon corps en
vingt-ſix parties dont il en donna
une à chacun de ceux qui avoient

fort des efprits , & s'élevant
tout-à-coup au-deſſus de ce

---

conjuré avec lui , pour les engager
par-là , en les rendant également
coupables , à le foutenir dans la
poſſeſſion du Royaume d'Egypte
qu'il uſurpa ; mais Iſis femme &
fœur d'Oſiris & ſon fils Orus van-
gerent ſa mort & firent mourir Ty-
phon & tous ſes Conjurés , après
les avoir vaincus.

Iſis ramaſſa toutes les parties du
corps de ſon mari hors celles que la
pudeur cache , qu'elle ne put retrouver , parce qu'aucun des Conjurés n'avoit voulu s'en charger ;
pour cacher la maniere dont elle
deſiroit l'enſevelir & rendre en mê-

qui étoit étranger à son es-
pece , elle se trouva dans le

---

me tems son tombeau célèbre & re-
commandable dans toute l'Egypte ,
elle eut recours à cette adresse.

Elle fit faire autant de figures de
cire mêlées d'aromates & de la gran-
deur d'Osiris, qu'elle avoit trouvé
de parties de son corps. Elle mit une
de ces parties en chaque figure , &
appellant chaque Société de Prêtres
en particulier , elle leur fit jurer
qu'ils garderoient le secret sur la
confidence qu'elle alloit leur faire.

Là-dessus elle assura chacune de
ces Sociétés qu'elle l'avoit préférée
à toutes les autres pour être la dé-
positaire du corps entier d'Osiris ;
qu'ainsi c'étoit à eux à le porter

séjour des Ames qui séparées
de leur *individu* jouissent du

---

dans le lieu qu'ils desservoient, &
à se charger de son culte.

Quelques Auteurs prétendent
avec assez de fondement que toutes les parties séparées d'Osiris a-
voient été jettées dans le Nil par
les Conjurés, & qu'Isis s'étoit ser-
vi, pour les retirer, d'un filet &
d'un croc, ce que paroissent con-
firmer la plûpart des figures d'Isis
qui nous restent de l'Antiquité, sur
l'épaule desquelles on remarque la
représentation d'un filet, & qui
portent à leur main celle d'une es-
péce de crochet. *Voyez Kircher,*
Œdipus Egiptiacus & le Voyage de
Chaw.

bonheur de la liberté , débaraffées des liens qui les rete-

—

(*b*) La Déeffe Ofiris qui aimoit tendrement les peuples de l'Egypte, à caufe du zéle avec lequel ils entretenoient fon culte , leur accorda le privilége de quitter leur corps quand ils en feroient embarraffés , & à leurs ames de parcourir l'immenfité des Cieux pendant un fiécle. Ces heureux peuples jouirent de ce précieux droit ; mais Afpalis ayant perdu la belle Bezaline qu'il adoroit, par la piqûure d'un Afpic qui s'étoit malheureufement trouvé dans une corbeille de fleurs dont il lui avoit fait préfent , ce tendre amant en fut fi pénétré qu'il voulut fe percer de fon poignard , mais une main

noient antérieurement attachées à l'humiliante nature. Je

divine l'arrêta. Il reconnut alors
Osiris, qui lui dit de se dépouiller
de son corps & de faire passer son
ame dans celui de sa maîtresse qu'il
ranimeroit par-là : Aspalis transf-
porté suivit le conseil de la Déesse,
& devint femme. Dans le moment que ce prodige s'opéroit,
l'ame de Bezaline qui n'avoit pas
cessé depuis la séparation de son
corps d'être autour de son amant,
voyant ce que venoit de faire pour
elle le fidele Aspalis, passa dans le
corps qu'il venoit d'abandonner. En
faveur de ce miracle d'amour la
Déesse permit aux Egyptiens de suivre un si bel exemple.

parcourus en un inſtant cette immenſité de vuide qu'occupent les ſubſtances ſpirituelles : renduës à elles mêmes, elles ſont heureuſes : les peines attachées à l'humanité dont elles ſont la comparaiſon avec l'indépendance de leur exiſtence préſente, ajoutent aux douceurs de leur être cette ſatisfaction dont jouit le Nautonier, qui rendu au Port malgré l'orage après avoir cent fois enviſagé les horreurs de la mort, voit impunément de deſſus la rive

les

les efforts inutiles des flots, qui un moment auparavant menaçoient de l'ensevelir.

Le seul désir qui m'embarassoit étoit de rencontrer l'ame de l'adorable Reine d'Egypte; j'errois de tous les côtés pour y parvenir : j'en vis une qui voltigeoit , je la joignis ; mais hélas ce n'étoit pas Zeleusis : c'étoit celle qui autrefois occupoit le corps d'Orphée. Je m'attachai à la considérer ; elle s'arrêta & me parla en ces termes : Tu vois en moi la substance divine

qui préfidoit à l'Etre du Chantre de la Thrace, né d'Apollon & de Clio. La Divinité
puiffante que nous adorons
donna aux organes du corps
dans lequel j'habitois cette dif-
pofition néceffaire à la perfection des talens. En peu de
tems je devins le plus habile
Muficien (*a*) de la Thrace ;

____

(*a*) On trouve écrit dans l'Hiftoire qui a pour titre *les Amufemens
des Dieux* , les merveilles que la
douceur des fons d'Orphée opéra
dans tous les lieux où fon deftin le
conduifit. Voici quelques particu-

ma voix enchantoit les cœurs,
& le son de ma lyre rem-

---

larités sur ce sujet qui ne sont pas connuës. Orphée entrant un jour dans une grande Ville où l'on solemnisoit la fête de son pere Apollon, il se sentit épris d'un si grand zéle, qu'après avoir fait trois cullebuttes au milieu de la place, où toute la Ville étoit assemblée, il prit sa lyre & en tira des sons si pressans que trois mille huit cens femmes grosses que la solemnité du jour y avoient attirées y accouchèrent à la fois en chantant l'hymne du divin Orphée. Ce prodige fut suivi d'un autre, à peine les nouveaux nés furent-ils délivrés, qu'ils se prirent par la main, & dansèrent un Ron-

plifloit les efprits de cette
aimable volupté qui ne laif-

---

deau autour du Chantre de la Thrace. Le peuple perfuadé par cette
merveille qu'Orphée étoit un Dieu,
l'enlevèrent & le placèrent pour l'a-
dorer au-deffus d'une Tour. L'Auteur remarque habilement que c'eft
cet événement qui a donné lieu
dans les fuites de placer des chœurs
dans les Tragédies, & autrefois ils
étoient chantés par des enfans.

A la fortie d'un fombre bois dans
lequel Orphée s'étoit enfoncé un
jour pour faire un facrifice à Priape,
il trouva dans la plaine deux armées
qui en étoient aux mains. Il crut
devoir unir fa lyre aux inftrumens
de guerre qui excitoient les troupes

fant plus de place à aucune autre fenfation fufpend les chagrins les plus violens. Je

---

au combat. A peine en eut-il touché que tous les arbres de l'épaiffe forêt qu'il venoit de quitter accoururent & fe mirent à danfer, les armées effrayées de ce prodige voulurent s'enfuir, mais la mer voifine qui avoit été auffi attirée par ces fons merveilleux arrivant à grands flots les fubmergea, & fans la main d'Apollon, Orphée en auroit été englouti : dans fon effroi il demanda au Dieu fon Pere que la Nature fût à l'avenir infenfible à fes chants, & c'eft depuis ce tems que ces prodiges tant vantés n'eurent plus lieu.

C iij

ne bornois cependant pas là les dons que le Ciel m'avoit prodigué , l'étude de la Philofophie faifoit ma plus chére occupation , & je ne regardois la Mufique que comme un amufement propre à raffembler les efprits diffipés par un travail plus abftrait. Cet Art que j'avois pouffé à fa perfection , s'il eft poffible à un mortel d'y atteindre , délaffoit mon imagination & renouvelloit pour ainfi dire à mes organes leur aptitude aux impreffions de l'ame : mon

premier foin fut de connoître
le principe de ma création.
L'exiftence me paroiffoit fi
précieufe , que je ne pouvois
comparer à rien l'obligation
que j'avois à l'Etre fupérieur
qui en étoit la premiere caufe;
je voulus approfondir toutes
les obligations que j'avois au
Créateur , la vérité fe préfentant à mon efprit par de-
gré , j'apperçus le rayon de
lumiere (a) qui y conduit. Je

______

(a) Tous les Philofophes ont pré-
tendu que le rayon de lumiere dont

ne vis plus ces Etres malfai-
fans & imparfaits qui indui-
fent les hommes au mal & qui
les entraînent. Je ne vis plus

---

il eſt ici parlé , eſt une de ces pen-
fées innées qui ne deviennent effi-
caces qu'autant que des méditations
profondes les développent , mais
c'eſt un pur galimathias ; voici le
mot de l'énigme. Il y avoit un
Temple en Egypte confacré à la
Vérité. Il étoit élevé dans un laby-
rinthe , peu de Mortels en connoiſ-
foient les détours ; au lever du Soleil
on prétendoit que le troiſiéme de
fes rayons en indiquoit la route , &
c'eſt de ce rayon qu'Orphée prétend
ici parler.

cet assemblage défectueux de crimes , de vertus , de bonté, de caprice , enfin le caractere odieux qu'on imprime à ces Divinités payennes & fantaſ-tiques qu'on s'étoit efforcé de me perſuader ſupérieures en tout à mon eſpece ; je ne vis plus dis-je dans Taikma (*a*)

(*a*) Les Egyptiens croyoient que Taikma étoit le Dieu Chef de tou-tes les Divinités & le Créateur de l'Univers. Ils prétendoient qu'il ne l'avoit créé que pour le rendre heu-reux, & qu'à la fin du monde tout ce qui exiſte auroit une ſenſation propre à goûter le bonheur.

qu'un Etre bon , parfait , in-
fufceptible d'aucun défaut ,
un Etre qui ne m'avoit pro-
duit à la lumiere que pour
faire ma félicité ; enfin je
conçus tout le bonheur (*a*) de
le fervir.

(*a*) Rien de plus malheureux
qu'un Mortel qui fe croit délivré
des préjugés : il veut en vain le per-
fuader , il fe décéle en propofant
fans ceffe les doutes & les remords
qui l'accompagnent en tous lieux. Il
n'y a pas longtems qu'un de ces
prétendus efprits-forts , fe trouvant
à l'extrêmité , déclara hautement
que dans le fond du cœur , il avoit

Je ne fus pas longtems fans comprendre que la vertu eſt le ſeul bien après lequel on doit ſoupirer. J'étois rempli de cette idée lorſque le fils de Vénus ſe préſenta à moi avec tous ſes charmes , ce Dieu parla à mon cœur , il l'inſpira , & ſa victoire fut complette. La charmante Zir-phée fut la premiere qui con-duiſit mes pas encore chan-

toujours crû à la Juſtice Divine , & que c'étoit par air & pour ſe faire conſidérer qu'il avoit toujours vou-lu la nier.

celans fur le chemin des plaifirs : elle n'avoit point cette
beauté dont l'élégante régu-
larité infpire plutôt le refpect
que l'amour : elle n'en plai-
foit que d'avantage ; les gra-
ces l'avoient formée pour être
aimable, tout peignoit en elle
le fentiment , & ce même fentiment répandu fur fon vifage
donnoit un heureux préjugé
de la tendreffe de fon cœur.
Je l'aimai : que ce mot expri-
me foiblement l'ardeur de l'a-
mour que j'avois pour elle ;
peu accoutumé au défir de

plaire, je craignois de ne pas réussir ; la timidité me donnoit cet air de contrainte qu'on prend si souvent pour la modestie , & qui ajoute de nouveaux charmes à la jeunesse , Zirphée vouloit être aimée , mais elle craignoit l'amour (a) : ce Dieu pour se

---

(a) Le portrait que fait ici Orphée de sa premiere Maîtresse est bien peu ressemblant. Zirphée étoit la fille du Berger Coridan si célèbre par ses malheurs : elle étoit vaine, artificieuse & l'une des plus coquettes de la contrée : c'étoit par vanité qu'elle feignit des complaisances

vanger de son insensibilité lui fit partager avec moi la flamme qui me consumoit : trop sensible pour ne le pas paroître ; elle me donnoit en tout tems la préférence sur mes rivaux. Elle prêtoit une oreille attentive à mes chansons, elle les écoutoit avec plaisir & cherchoit à les apprendre : quelquefois elle me faisoit l'aveu de sa tendresse , bientôt

pour Orphée : elle ménageoit dans ce tems-là trois amans ausquels elle faisoit accroire que chacun d'eux étoit le préféré.

elle rougiſſoit , & ſon trou-
ble m'aſſuroit de la vérité de
ſes paroles : l'amour qui nous
enflammoit s'augmentant par
dégré , nous ne fûmes pas
longtems maîtres de nous cacher nos ſentimens : elle ne
me laiſſoit plus ignorer ceux
qu'elle avoit pour moi ſans
être épouvantée de ſon aveu,
elle me le répétoit & ſe trou-
voit ſoulagée par cette confidence ; depuis que je vous
connois (a) , me diſoit-elle un

(a) Toute femme qui écoute &
qui répond , veut qu'on lui parle en-

jour, j'aime la solitude, les louanges que donnent les autres hommes à ma beauté ne me touchent plus . . . Ah mon cher Orphée si vous me trouvez belle, que m'importe leurs suffrages ! Le vôtre ne

---

core & qu'on espère davantage. On a répété tant de fois à ce séxe imprudent que tout amant est un séducteur, un trompeur qui cherche à le surprendre ; d'où vient donc que tant de femmes sont séduites & qu'elles s'en plaignent ? Est-ce qu'il y a du plaisir à être trahies, ou seroit-ce un prétexte pour s'en consoler avec un séducteur plus aimable !

me

me suffit-il pas , puisque je vois tout dans vous seul : mon amour ne peut être plus grand , il fait mon bonheur , puissiez-vous le partager avec moi ; je désire trop ardemment pour ne pas craindre... Arrêtez Belle Zirphée , m'écriai-je , cessez d'accabler par vos soupçons l'Amant le plus tendre; si vous m'aimiez comme vous le dites ne me croiriez-vous pas digne de vous , & le ferois-je si je cessois jamais de vous aimer ? Ah détournez de votre esprit cette penſée qui me fait injure : rendez plus de juſtice à ma fidélité , & connoiſſez mieux la puiſſance de vos charmes ; non , vous ne m'aimez pas , continuai je ; peut-être un autre occupe - t - il dans votre cœur une place qui n'eſt duë qu'à ma tendreſſe : en effet , ne m'en avez vous pas cent fois refuſez le prix. Cruelle Zirphée vous êtes infenſible à ma douleur , mes larmes ne vous touchent pas. J'en répandois pendant ce dialogue : attendrie par ces propos , ma

Maîtresse avoit les yeux baif-
sés, sa respiration précipitée
m'étoit une preuve de l'agi-
tation de son ame ; son cœur
palpitant me donnoit un heureux préjugé de l'effet de mon
discours : je voulus en recueil-
lir le fruit ; je pris sa main
tremblante ; je la portai à ma
bouche, je la couvris des bai-
sers les plus amoureux ; bientôt revenu de mon extase je
levai les yeux pour chercher
les siens, & y lire mon bonheur : mais quel fut mon embarras quand je la trouvai éva-
D ij

nouie. (*a*) Les pâleurs meſſagè-
res de la mort n'étoient pas
peintes ſur ſon viſage , il ſem-
bloit ſeulement qu'elle dor-

(*a*) Une Princeſſe du Pérou née
extraordinairement curieuſe s'aviſa
un jour après ſon dîner de ſe jetter
ſur ſon ſopha & de feindre d'y dor-
mir , un jeune Ecuyer qui par les
devoirs de ſa Charge ne la quittoit
jamais s'éloigna d'abord par reſpect:
la jeune Princeſſe fâchée de cette
retenuë changea d'attitude , mit
ſon beau bras pardeſſus ſa tête, ſous
lequel elle entrevoyoit ſans être vuë
le jeune homme ; une partie de ſes
charmes l'attira auprès d'elle , il
étoit dangereux de les conſidérer :
il alloit hazarder un baiſer , il s'é-

moit. Peu accoutumé à ces fortes d'événemens, fon état m'effraya : aller chercher du fecours, c'étoit trop rifquer. Quel parti prendre ? Je crus que le feu qui me confumoit pourroit rappeller fes efprits : je colai fur fa bou- che un baifer de flâme ; ce premier expédient ne m'ayant pas réuffi, j'en effayai plu- fieurs autres ; le Dieu caufe de cet accident m'infpira, je

---

toit mis à genoux pour le dérober, la Princeffe en fut fi émuë qu'elle s'évanouit. . . .

fuivis fon confeil , & bientôt ma Maîtreſſe revenant à
elle-même : Ah cruel , s'é-
cria-t-elle , que t'avois-je fait
pour profiter de ma foibleſſe.
Crains la colere de Diane ,
protectrice de l'innocence :
fans doute elle fe vangera fur
toi du crime que tu viens de
commettre , & moi malheu-
reufe , que vais-je devenir :
comment oferai - je paroître
devant les hommes après m'ê-
tre rendu l'objet de leur mépris !

Appaifez votre colére, belle

Zirphée , répondis-je , pardonnez une faute que vous ne regarderiez pas comme telle , si vous aviez pour moi les mêmes sentimens que j'ai pour vous : ne craignez pas Diane , ne brûlat-elle (*a*) pas des mêmes feux pour Endimion , & put-elle résister aux traits de l'amour : qu'avons-nous à appréhender , puisque ce Dieu m'inspire , il nous

____

(*a*) Rien de plus adroit que cette manière de consoler une jeune personne qui se reproche d'abord.

protégera fans doute:les yeux de ma maîtreffe étoient cependant baignés de larmes , elle ne me répondoit rien , & je voyois avec chagrin les marques de la douleur répanduës fur fon beau vifage. Je commençois moi-même à me

---

une foibleffe ; l'exemple prouve fi bien que lorfque la galante Rafimé monta fur le Trône de Bagdad , toutes les femmes de la Ville qui jufques-là ignoroient jufqu'au nom de l'amour , devinrent fi fçavantes dans fes myftères qu'avant la fin de l'année elles en donnoient des leçons publiques.

repentir

repentir d'avoir fuivi les con-
feils de ma paffion , lorfque
Zirphée me regardant ten-
drement fembla me demander
de me rendre une feconde
fois coupable ; j'obéis : mais
loin de m'attirer fa colére :
Mon cher Orphée, me dit-
elle , que je ferois heureufe,
fi je pouvois compter fur votre conftance , cette vertu
me feroit d'autant plus agréable en vous qu'elle eft rare
dans les autres hommes. Pour
moi je fens (*a*) que je vous

____

(*a*) La premiere condition que

E

ferai toujours fidèle , rien ne
pourra jamais me faire chan-
ger : j'en atteste les Dieux
témoins de notre bonheur réciproque , ils font trop juftes

---

met une femme en pareil cas , c'eft
qu'on lui fera fidéle , & fe propofe
pour exemple; pourquoi? C'eft qu'elle croit dans ce moment fon état le
plus heureux ; mais à peine a-t-elle
réfléchi fur les circonftances de fon
bonheur qu'elle conçoit qu'il pourroit l'être davantage : l'impoffibi-
lité de la chofe avec un feul amant
qui peut venir à manquer , fait
qu'elle affigne d'abord la furvivance
de fon cœur , & cela fe fait fans y
penfer.

pour ne me pas punir si je de-
venois parjure ; ah puissent
sur moi les Divinités épuiser
les supplices du Tartare ,
m'écriai-je aussitôt si je cesse
un instant de vous adorer ,
oui je vous adore, c'est l'hom-
mage qu'on doit aux Dieux ,
& vous êtes la seule Mortelle
qui ressemble parfaitement à
Vénus.

Le crépuscule du soir qui
préparoit à l'obscurité , mit
fin à notre conversation , &
nous obligea de nous séparer,
non sans répandre des larmes

& nous promettre de renou-
veller nos plaifirs. Le matin
les vit renaître comme le
foir les avoit vû finir. L'aimable volupté fe préfentant
à moi avec tous fes charmes,
je concevois alors toute la
reconnoiffance que je devois
à l'amour. Cet agréable com-
merce dura trois mois : pendant cet efpace de tems nos
defirs loin de s'affoiblir pre-
noient de nouvelles forces: (a)

(a) Oui du côté de Zirphée,
mais à l'égard de l'Amant, pure

j'aimois Zirphée , elle parta-
geoit l'amour que j'avois pour
elle ; pouvoit-il manquer quelque chofe à mon bonheur.
L'inconftance feule pouvoit y
mettre obftacle ; mais hélas ,
Zirphée que j'adorois , qui
m'avoit cent fois juré l'amour
le plus tendre, devint parjure.

---

préfomption de fa part. La preuve
en va fuivre. La Bergere qui en ju-
gea bien plus fainement prit fes
mefures pour que fes plaifirs ne
fouffriffent pas du déchet. C'eft Orphée lui-même qui va nous l'apprendre

Je la trouvai un jour trifte & rêveufe : Qu'avez - vous belle Zirphée, lui dis-je, vous craignez de me regarder ; je ne vois plus en vous cette tendre amante prête à me faire éprouver de nouveaux plaifirs ; ne fuis-je donc plus digne de votre tendreffe ; ai-je fait quelque chofe qui puiffe vous déplaire ? parlez , je fçaurai punir le coupable ; je préférerois la mort à votre indifférence : elle me regardoit d'un air interdit , & fon filence ne me prouvoit que trop fon changement : vous ne me répondez pas, continuai-je, vous m'aſ-ſurez donc que je ſuis le plus malheureux de tous les hom-mes ; c'en eſt aſſez, vous vou-lez (*a*) ma mort, vous ſerez contente : croyez-vous que je

---

(*a*) Denys le Tyran en dit un jour autant à la femme d'un Séna-teur qui avoit eu quelque complai-ſance pour lui, & qui s'en repen-tant ne vouloit plus le revoir. Elle lui répondit, *Mourez* ſi vous en avez le courage, nous y gagnerons tous deux. Le Tyran étonné repar-tit, il n'y a qu'une femme capable de répondre avec cette inhumanité.

E iiij

puiſſe ſurvivre à votre infidé-
lité. Ne m'accuſez pas , repli-
qua-t'elle : ſi je ſuis inconſtan-
te , m'en croyez-vous la cauſe?
l'Amour (*a*) conduit mon in-
clination à un autre objet ;
j'aime Iphis : ce jeune Berger
a ſçû l'emporter ſur vous : cet
aſcendant qu'il a ſur moi part

(*a*) Les Egyptiens prétendoient
que l'Amour étoit de toutes les Divinités la principale , & leur opi-
nion étoit qu'il falloit céder au penchant qui entraînoit, à moins qu'on
ne voulût encourir l'indignation de
cette Divinité.

de la Divinité qui a fçû nous unir ; vous devez refpecter fes decrets : c'eft elle qui parle, obéiffez : il faut nous féparer, & laiffer le champ libre au nouveau vainqueur.

Croyez-vous que je puiffe vous obéir, cruelle Zirphée, m'écriai-je ; non, je vous fui-vrai par-tout, & je troublerai du moins les plaifirs de mon rival, fi je ne puis être affez heureux pour vous toucher. Votre conduite ne ferviroit qu'à m'irriter, reprit la parju-re avec vivacité, & loin de conserver pour vous aucun sentiment de tendresse ; je vous regarderois comme un tyran qui me deviendroit odieux ; oubliez-moi, fi vous pouvez, & fur-tout ne me voyez jamais.

Elle n'eut pas plutôt prononcé ces derniers mots qu'elle s'éloigna de moi. Je reftai alors dans une fituation peu facile à être définie ; j'étois, pour ainfi dire, accablé fous le poids du chagrin qui me dévoroit. Zirphée infidèle, me difois-je en moi-même,

Zirphée qui craignoit mon inconſtance, qui me juroit, il y a peu de jours, un amour éternel, elle eſt heureuſe & je languis : pourrai-je ſurvivre à mon infortune ! Non, ſans doute, mais ſi je ſuccombe, je veux entraîner dans ma perte un rival odieux ; je percerai le ſein de l'Amant & de l'A-mante & je mourrai content : mais je m'égare, reprenois-je auſſitôt, oublions cette incon-ſtante Maîtreſſe, les juſtes Dieux puniront ſon parjure par le repentir, & je ſerai vengé.

Mon esprit agité flottoit ainsi entre le desir de la vengeance & le mépris; le tems mit fin à l'embarras de mon ame, je commençai alors à jouir de cette aimable sécurité, heureux fruit de l'indifférence, les doux plaisirs de l'étude avoient succédé à toute autre passion : je me félicitois de mon retour; plus j'envisageois les peines de l'Amour, plus je chérissois mon état présent; je vouois aux Muses un culte détaché d'aucun autre sentiment; je bravois l'Amour, il me paroiſſoit n'avoir plus aucune puiſſance ſur mon ame ; que je connoiſſois peu ce Dieu! il ſçut bientôt me prouver ſon empire ſur les cœurs.

Euridice étoit charmante , on ne pouvoit la voir ſans l'adorer ; mais le reſpect qu'on avoit pour elle épouvantoit l'Amour. Elle étoit l'image de la ſageſſe ; cette aimable naïveté , ſimbole de l'innocence, étoit peinte ſur ſon viſage. Elle plaiſoit parce qu'elle ne ſe (a)

____

(a) Eloge outré. Il n'y a point

toucioit point de plaire : elle n'étoit point femblable à ſes compagnes : celles ci demandoient les ſuffrages , & ſembloient les exiger : Euridice , au contraire , étoit redevable

de femmes jolies qui ne s'occupent du ſoin de plaire & de celui d'être aimées. Laodice Prêtreſſe du Temple de Delphes , la plus ſage de toutes les femmes comme la plus belle, étoit deux heures tous les matins à ſa toilette pour être vuë deux minutes, d'un jeune Miniſtre du Temple qui en étoit épris , & auquel elle n'accorda jamais que cette faveur.

de sa beauté à la seule nature ; son esprit trop supérieur (a) pour n'être pas simple , étoit toujours au niveau de ceux à qui elle parloit : on sortoit d'auprès d'elle, pénétré d'a-mour - propre ; elle pensoit pour les esprits médiocres , &

(a) M. de Voltaire tout admira_ble qu'il est , n'a peut - être jamais écrit une plus jolie phrase ; ce n'est point là du persifflage comme nos écrits modernes en sont remplis ; tout est aujourd'hui vernis , plus ou moins beau , le reste est misère & pauvreté.

leur approprioit ſes penſées : elle raiſonnoit avec ceux dont l'imagination plus élevée approchoit davantage de ſa perfection : les Dieux enfin en la formant avoient voulu donner une preuve de leur puiſſance.

J'allois ſouvent les ſoirs pour me délaſſer des fatigues de l'étude de la journée , me promener dans une prairie : là je cherchois à raſſembler mes eſprits diſſipez par le travail, en répétant ſur ma Lyre les airs les plus agréables ; les jeunes filles de cette contrée

trée venoient écouter mes chanfons, & Euridice s'y trou-voit quelquefois avec fes compagnes, elle m'animoit par fa préfence, & fembloit prendre plaifir à mes concerts.

Je m'apperçus bientôt de l'effet que produifoit fur mon cœur les charmes d'Euridice, je voulus me fervir de ma Philofophie (a) pour conferver

---

(a) La véritable Philofophie n'eft pas de raifonner mais de s'éloigner des occafions qui mettent en danger le cœur ou la probité. Le mot de Philofophe doit fignifier un mortel

F

l'état d'indifférence dont je faifois tant de cas ; vains efforts, eft-il poffible de réfifter à l'amour? La raifon eft un foible obftacle à fes progrès : l'expérience même de fa fatalité ne put rien contre fa puiffance. J'aimois Euridice, mais

---

plus rempli d'orgueil & d'amour-propre qu'un homme ordinaire : j'ai examiné, confidéré, étudié, ceux qui fe font crûs Philofophes & qui fe le difent, je n'ai trouvé que des fots qui ne croyent ni ne pratiquent aucune des maximes dont ils font le pompeux étalage.

je l'aimois trop pour oser es-
pérer. Je devins triste, & la
maladie de mon ame plongea
bientôt mon corps dans un
anéantiſſement preſque total.
Je cherchois la ſolitude, je
fuyois tout ce qui n'étoit point
Euridice, je la cherchois par-
tout : lorſque je la trouvois,
ſa préſence m'inſpiroit l'amour
& le reſpect, & ces deux ſentimens ſe combattant mutuellement me plongeoient dans
les réfléxions les plus cruelles.
Rien n'eſt plus affreux ſans
doute que d'aimer ſans eſpé-

rance de retour. Le propre de l'amour vertueux eſt d'inſpirer la timidité. Plus on eſtime l'objet aimé , plus on craint & moins on eſpere : Euridice s'apperçut de mon accablement.

Un jour que je me promenois à l'écart rêvant à la ſituation de mon ame , elle m'aborda : Orphée , me dit-elle , vous êtes plongé depuis quelques tems dans une triſteſſe continuelle : quels ſont les chagrins qui agitent votre ame ? Votre lyre ne raiſonne

plus que de languiſſans ac-
cens : vous cherchez la foli-
tude ; mes compagnes éton-
nées de votre changement ,
me chargent de vous en demander la cauſe : cruelle Euridice, repartis-je auſſitôt, ne
pouvez-vous lire dans mes
yeux les ſentimens de mon
cœur ; je jouiſſois de la plus
douce tranquillité. Cet état ſi
déſirable repandoit dans mon
ame l'aimable ſérénité qui
paroiſſoit ſur mon viſage , ce
n'eſt plus cela : j'aime , & quel
objet eſt ici digne d'amour

que vous-même , pourriez-
vous vous y méprendre....
Je ne pus continuer , les larmes coupérent ma respira-
tion, & perdant connoissance,
je ne revins à moi que quelque tems après par les soins
que prit Euridice elle-même
de me rappeller à la lumiere.
Ah cruelle , lui dis-je , pourquoi me rendre une vie , qui
ne peut m'être que désagréa-
ble , si vous refusez de vous
intéresser à mon amour : votre
état me fait pitié , repartit
Euridice ; mais que vous ser-

viroit-il que j'euffe pour vous les mêmes fentimens que vous avez pour moi. La vertu s'op- pofe à votre bonheur , n'ef- pérez jamais que je manque aux loix qu'elle m'impofe , ceffez de m'aimer Orphée , laiffez-vous guider par la fa- geffe , je veux bien même vous avouer que je ne m'op- poferois point à votre amour fi cette Déeffe y pouvoit con- fentir.

Je voulus ramener Euridi- ce , mais confufe de fon aveu elle s'échappa , & ma foiblesse ne me permit pas de la suivre.

Cependant les dernieres paroles de cette adorable personne m'avoient donné quelque espérance , je voulois m'unir à elle par les liens les plus sacrés , & rien dans mon amour ne pouvoit allarmer sa pudeur : je cherchai donc l'occasion de lui déclarer mes sentimens , mais elle évitoit avec un tel soin de se trouver seule avec moi que je fus fort longtems sans pouvoir y réussir : j'y réussis enfin. Je l'apperçus

perçus aſſiſe au bord d'une
Fontaine ; je m'approchai ,
elle voulut encore m'échap-
per : je la pourſuivis ; je la
joignis , & me jettant à ſes
genoux , vous voulez donc
ma mort , lui dis-je , ç'en eſt
fait , vous allez me voir expirer à vos pieds ſi vous ne
conſentez pas à mon bonheur:
ma paſſion n'a rien de contraire à l'auſtére vertu que
vous vous êtes impoſée ; je
veux m'unir à vous par les
liens les plus indiſſolubles ,
allons aux pieds des Autels

G

de Minerve : c'eſt-là où je veux vous jurer une foi éternelle. Euridice étonnée de mes tranſports ne s'oppoſa pas à mes déſirs : elle y mit cependant pour condition que nous irions conſulter l'Oracle de la Déeſſe , & que nous obéirions abſolument à ſes ordres : elle m'accompagna au Temple , l'Oracle fit une réponſe conforme à nos vœux. Nous nous jurâmes mutuellement un amour conſtant.

La vertu ſeule fait naître des plaiſirs parfaits. Je n'ai

jamais mieux reconnu cette vérité que dans cet inftant. Je jouiffois d'un bien que les remords ne rendoient point amer : j'aimois , & la pureté de mon amour lui donnoit de nouvelles forces , une félicité fi parfaite ne pouvoit pas durer longtems ; les Dieux jaloux de mon bonheur fçurent m'en priver bientôt , le Soleil avoit à peine parcouru les douze fignes du Zodiaque depuis notre union , qu'un Roi voifin de la partie de la terre que nous habitons , ayant en-

tendu vanter les charmes d'Euridice (*a*) , fe traveftit &
voulut en juger par lui-
même. Il la trouva fi belle
qu'il voulut la poffeder. Il la
fit enlever un jour qu'elle fe

(*a*) On fera peut-être étonné que
ceci foit contraire aux fentimens des
Poëtes , qui prétendent qu'Euridice
fut piquée par un Serpent , qu'elle
mourut de cette bleffure, qu'Orphée
la retira enfuite des Enfers , & la
reperdit par fon imprudence. Mais
je prie le Lecteur de faire attention
que je ne fuis précifément que le
Traducteur ; je laiffe à juger qui a
tort ou des Poëtes ou du Manufcrit
Egyptien qui me fert d'original.

baignoit dans une Fontaine, une de ſes compagnes qui en fut témoin vint m'annoncer cette triſte nouvelle : j'en penſai mourir de douleur, & je fus quelques inſtans accablé ſous le poids de mon chagrin, je formai d'abord cent réſolutions plus violentes les unes que les autres & qui tendoient toutes à m'arracher la vie ; enfin je m'arrêtai à celleci, je pris le parti d'aller trouver le Roi, cauſe de mes malheurs, ne doutant pas que touché par mes larmes, il ne me rendît Euridice ; je parvins à son Palais ; je me jettai à ses pieds ; je les embrassai & je le suppliai en répandant un torrent de larmes de ne pas me séparer d'une épouse qui m'étoit plus chere que la vie, & de rendre Euridice à ma tendresse, la vraie douleur a une éloquence d'autant plus persuasive, qu'elle est fille de la vérité : elle fit l'effet que j'en avois attendu, le Roi touché de mon amour me permit de voir Euridice & de la ramener avec moi :

mais il y mit pour condition que je ne ferois valoir auprès d'elle que mon amour & non les droits d'époux , que pouvois-je déſirer de plus ! perſuadé de la vive tendreſſe de mon adorable Euridice , je m'en cru déja poſſeſſeur ; je volai à ſon appartement , bien perſuadé de ſon conſentement, mais quelle fut ma ſurpriſe lorſque loin de me montrer ces empreſſemens ſi naturels quand on a été longtems ſéparé d'un objet chéri , elle me reçut avec l'abord le plus glacé. Je lui rendis compte de la grace que le Roi m'a-voit accordée, & je la pref-fai de me fuivre : Orphée, me dit-elle, je vous ai aimé, & je vous aimerois fans dou-te encore fi je ne connoiffois pas le Prince qui nous a fé-paré ; mais un penchant in-vincible m'entraîne vers lui, & je ne pourrois vivre fi j'en étois éloigné, pardonnez ce-pendant mon inconftance ; je voulus repliquer, ne m'acca-blez pas, pourfuivit-elle, de reproches inutiles, oubliez

Euridice, elle ne mérite plus les tendres sentimens que vous aviez pour elle : à ces mots les Gardes qui étoient restés présens à notre entrevûë m'o-bligèrent de sortir, & me laissèrent hors des portes du Palais livré au désespoir le plus affreux. Je revins dans mon pays transporté de fureur, là je formai la résolu-tion de détester toutes les femmes, persuadé qu'il ne pou-voit en avoir de fidéles ; je fuyois tous les lieux où elles se trouvoient & je les évitois avec foin. Le mépris que j'avois pour elles fut caufe de ma mort : un jour qu'elles célébroient les fêtes de Bacchus, elles me trouvèrent au pied d'un arbre chantant fur ma Lyre les douceurs de la paifible indifférence , & les dangers de l'amour ; animées par le Dieu qui les infpiroit & par la haine qu'elles avoient pour moi , les Bacchantes me déchirèrent & emportèrent avec elles chacune une partie de mon corps.

Tel fut le récit que me fit

Orphée de ſes malheurs, & de ſa fin déplorable. J'allois lui dire combien l'Hiſtoire qu'il venoit de me rapporter m'avoit touché ; mais l'apparition imprévûë de l'adorable Reine d'Egypte me coupa la parole, & me fit treſſaillir de tant de joie & de plaiſir, que toutes mes ſenſations ſe tournèrent du côté de cet objet chéri. Je vous retrouve donc enfin, ô ma chere Zeleuſis, lui dis-je, après vous avoir tant pleuré ; vous ſouvenez-vous encore de l'infortuné

Phares : en perdant la vie n'avez-vous point perdu le fouvenir d'un époux qui vous fut fi cher , & auquel vous en avez donné tant de marques précieufes. Non Phares, non mon époux bien-aimé , reprit l'ame de mon adorable femme , votre image trop chère a toujours été préfente à mon efprit , fi vous cherchiez à me rejoindre , je n'étois de mon côté fans ceffe occupée que du défir de vous retrouver pour ne plus être jamais féparée de vous ; mais hélas ce même amour dont je brûlai fans ceffe pour vous y avoit mis un obftacle invincible : rappellez-vous ce jour terrible où je penfai vous perdre , ce jour affreux où combattant ces fiers ennemis de l'Egypte qui vouloient envahir ces vaftes Royaumes , vous fûtes précipité de votre char par le géant Tanfocles, vous me fûtes rapporté tout couvert de bleffures & prêt à expirer dans mes bras. O Phares , apprenez un fecret que je vous ai toujours caché;

je portois dans mon sein le dernier soupir de Calbalis, ce premier demi-Dieu de l'Egypte à qui nous devons l'ouverture des bouches du Nil, il m'avoit été transmis par la Reine Kelmalis ma mere qui les tenoit aussi de la sienne : ce Talisman précieux a la vertu de retenir l'ame dans le corps de celui qui le porte quelqu'accident qui lui arrive. Vous alliez mourir ; je n'hésitai point ; je profitai du seul moment qui vous restoit pour vous sauver la vie ; je détachai le cordon où pendoit le Talifman & vous le mis au col ; à peine y fut-il attaché que vous reprîtes la connoif-fance & que j'expirai dans vos bras : oui , cher époux , je voulus par le facrifice que je vous fis dans ce moment de ma vie , vous convaincre combien vous étiez aimé ; mais , hélas ! que n'ai je point fouf-fert depuis cette cruelle fépa-ration , mon ame plaintive n'a gouté depuis ce moment que la fatale douceur de s'ap-plaudir de vous avoir confervé la vie , & de vous avoir donné une preuve fi complette de mon amour....

A peine Zeleufis achevoit-elle ces mots, que Phares jetta un cri de joye & expira : pénétré de reconnoiffance & d'amour , il n'avoit pas plutôt entendu quel étoit l'obftacle qui l'empêchoit de fe réunir pour jamais à une époufe fi tendre , qu'il détacha avec précipitation le cordon où étoit pendu le Talifman & le jetta loin de lui. Enfin s'écria-t-il en mourant , je vais donc être

être pour jamais avec vous,
divine & chére Zeleufis : en
effet le corps de Phares tom-
ba, & fon ame fe trouva réu-
nie à celle de la Reine d'E-
gypte : la belle Zeleufis pé-
nétrée du facrifice & de la
reconnoiffance de fon époux,
alloit lui dire les chofes les
plus tendres, quand le Ciel
s'ouvrit tout-à-coup avec des
éclats de foudre & un mil-
lion de feux & d'éclairs qui
fembloient annoncer le boule-
verfement de toute la nature.
L'ame timide de Zeleufis vou-

H

loit s'enfuir & appelloit déjà celle de son époux , une voix sonore, mais douce,leur dit : Arrêtez , ô couple fidèle dont la constance & les vertus méritent des autels. Dans le même moment que ces paroles se prononçoient , les nuées se fendirent , un char environné de rayons brillans dont de foibles Mortels n'auroient pû soutenir l'éclat , parut dans les airs : Approchez, ô Phares , & vous admirable Zeleusis , modéle des femmes de votre séxe, continua la voix, venez jouir l'un & l'autre de la gloire que vos vertus vous ont méritée , que vos ames rentrent dans ces deux corps que vous voyez fans vie à mes pieds , ce font les vôtres , pour ne les jamais quitter , pour être éternelle- ment heureux & pour vous aimer toujours, apprenez que je fuis *Anubis*, fi connu fous le nom de *Calbalis*, un décret de la deftinée m'avoit promis d'être immortel , pourvû qu'a- près avoir une fois perdu la vie , la Sultane entre les bras

de laquelle je mourois re-
cueillît mon dernier soupir,
l'enfermât dans un cœur de
criftal préparé pour cet effet,
me reftât fidéle,& que la vertu de ce Talifman ceffât par un
facrifice réciproque de la vie
en connoiffance de caufe,
dans ma poftérité:cette époufe
fidéle a commencé ; fon tendre amour pour moi lui a fait
perdre la vie pour la conferver à une fille unique de mon
fang qu'elle fçavoit que j'aimois tendrement. Cette fille
chérie , ô Zeleufis , étoit

votre mere , vous fçavez que pour vous rendre immortelle elle a ceffé de l'être : tant d'actions héroïques ont affuré pour jamais mon bonheur & celui de tout ce qui m'eft cher ; venez en jouir , venez dans les bras de votre ayeule & d'une tendre mere, prouver à la Poftérité que les Dieux récompenfent toujours les vertus quand les hommes s'attachent à les aimer , & qu'ils placent leur félicité à les pratiquer.

F I N.

SEBASTIEN JORRY,
Imprimeur-Libraire , Quay des
Auguſtins , près le Pont Saint
Michel , aux Cigognes.
A PARIS.